HENRI MICHAUX
褶间生活
La Vie dans les plis

〔法〕亨利·米肖　　著
杨眉　　译

人民文学出版社

著作权合同登记：图字 01-2024-2476

Henri Michaux
La Vie dans les plis
©Éditions Gallimard, Paris, 1972
All rights reserved

图书在版编目（CIP）数据

褶间生活 /（法）亨利·米肖著；杨眉译. -- 北京：人民文学出版社, 2024. --（巴别塔诗典）. -- ISBN 978-7-02-018812-3

Ⅰ. I565.25

中国国家版本馆 CIP 数据核字第 2024A2E250 号

责任编辑　朱卫净　何炜宏
装帧设计　李苗苗

出版发行　人民文学出版社
社　　址　北京市朝内大街 166 号
邮政编码　100705
印　　制　凸版艺彩（东莞）印刷有限公司
经　　销　全国新华书店等
字　　数　60 千字
开　　本　889 毫米 ×1194 毫米　1/32
印　　张　6.25
插　　页　5
版　　次　2024 年 8 月北京第 1 版
印　　次　2024 年 8 月第 1 次印刷
书　　号　978-7-02-018812-3
定　　价　69.00 元

如有印装质量问题，请与本社图书销售中心调换。电话：01065233595

目录

行动自由 _1

麻袋法庭 _3

餍足的欲望 _5

腊肠地窖 _7

投人器 _8

用烤肉钎 _9

推荐器械：公寓之雷 _10

耳光机关枪 _11

行动自由 _13

给年轻夫妇的劝告 _15

谋杀的哲学 _16

上石膏 _18

宛如大海 _20

攻山 _21

打倒成功 _23

行为准则 _24

对征求意见者的意见与回复 _25

中央菜市场旁 _27

_2

集中营看守 _28
炸弹人 _29

幻象 _31

刺针星座 _33
抹去的鸟 _34
环行我身 _35
永远别想象 _37
卷浪马刀的攻击 _39
开膛机 _41
联想的危险 _43
负荷过重的马 _44
泵抽 _46
乳房之海 _47
雕像与我 _48
论返回之难 _50
毁坏车间 _52
当心你的脚 _53
穿颅病人 _55
西绪福斯的劳作 _58

充满 _60

明亮的灵薄狱 _61

那些未完成的 _62

行走 _63

在等待中 _64

眼 _65

离奇处境 _66

缺陷 _72

护送 _73

被吞没的王国 _74

砍断的手 _75

外在征象 _76

劈空大衣 _77

城门口 _78

境遇 _79

天地间 _80

怎样的工厂！ _81

塔哈乌 _84

愿他憩息于反叛 _86

而永远是 _89

简约书写 _91

_4

米多逊的肖像　_93

此外……　_95

而当他凝视她……　_96

无尽的荒漠……　_97

在米多逊灵魂中敲打……　_98

三十四根错综的长矛……　_99

他们取气泡之形……　_100

米多逊极度的弹性……　_101

这来临的兽群……　_102

立于她细腻而内曲的长腿……　_103

遍布电的……　_104

瞧他驰骋如炮弹……　_105

今天午后……　_106

在冰中……　_107

哦！她玩耍不是为了笑……　_108

米多逊像一枚火箭……　_109

她唱……　_110

火星的疥疮……　_111

他们戴了手套……　_112

一片铜制的天空……　_113

他有吸引力，但是……　_114

这个米多逊莫少女…… _115

危险！…… _116

虽然延展起来那么灵活…… _117

情感流…… _118

缠着锁链的脸…… _119

零落的器官…… _120

比章鱼的胳膊还多…… _121

米多逊，支着脑袋…… _122

高大，高大的米多逊…… _123

赫然的对角线长矛…… _124

不仅仅基督…… _125

浑圆大腿…… _126

支撑少而又少…… _127

糜软的身体上…… _128

痛苦的别针…… _129

他的兽的牛佛…… _130

欲墨激荡的女魔头…… _131

从空气的矿车…… _132

看呀，不可分的死结…… _133

昆虫脑袋…… _134

这儿一朵云…… _135

从薄雾…… _136

以谴责为形的侧影……　_137

蒙眼布条……　_138

在他的躯体……　_139

当他们忧心忡忡……　_140

从他的鼻子抽出了……　_141

一个年轻的米多逊……　_142

灵魂的岩石……　_143

那儿，溯泥浆河而上……　_144

一只老鼠溜走……　_145

他们变为瀑布……　_146

奄奄而不息的猫头鹰宿舍呀……　_147

米多逊从窗帘起飞……　_148

教他浪迹天涯的爪子……　_149

瞧瞧米多逊生活的几处地方……　_150

必须说……　_151

这里一片原野……　_152

塔里一条绳……　_153

从坼裂的天花板……　_154

这是长廊横行的旧宫殿……　_155

这里是墙之城……　_156

没有梯子……　_157

为了与渺远处掠过的秃鹫……　_158

他展开身体的表面…… _159

他们乘坐的攀升茎通向…… _160

每个屋顶上…… _161

在光秃秃的巨石上…… _162

无头、无鸟的翅翼…… _163

不可名状之地 _165

两棵白杨…… _167

大理石中…… _168

这是沉沉暮气…… _170

两个巨婴…… _171

城里无一丝风…… _172

那儿,轮到一条梦游的街…… _173

这又是斜塔…… _174

城堡已不在…… _175

阴鸷公园…… _176

羽毛膨胀…… _177

靠近墓地…… _178

这里雕刻着…… _180

行星-头的重量…… _182

波拉哥拉斯的衰老 _183

暮年苒苒,波拉哥拉斯说…… _185
智慧并未到来…… _187
离我远点吧,波拉哥拉斯说…… _189
他携雨而来…… _190

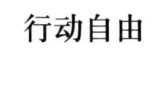

行动自由

麻袋法庭

> 我唾弃我的生活。我与之决裂。
> 谁不比他的生活更有作为?

这开始于我的童年。曾有一位纠缠不休的庞然大人。

怎么报复他?我把他塞进麻袋。于是我可以乘兴痛打。他嚎叫,我不听。他殊为无趣。

幼年的这个习惯,我明智地保留了。人成年时习得的各种干涉的可能,我一概怀疑,再说它们也行不通。

对床上的人,岂能递一把椅子?

这个习惯,我说了,我曾谨守之,并且直到今天秘而不宣。这样更保险。

它也有一弊,就是拜它所赐,我太过轻易地容忍了那些不可理喻的人。

我知道我等他们入袋。瞧这给了我何等超凡的耐心。

我故意延长荒谬的处境,让我生存之路的剪径者淹留。

在现实中将他们轰出门外的痛快,在行动之际,被那即将送他们入袋的莫大欢喜按捺住了。麻袋里我把他们狠揍一顿,不受惩罚,那种狂热足以让十个轮番上阵的壮汉筋疲力尽。

缺了这雕虫小技,我如何在别人的重重掣肘中度过我灰心丧气、常常窘迫的一生呢?

历经这么多挫折,压来这么多远远近近的主子,压来两次大战,两段被一个信奉保龄击柱的武装民族占领的漫长时期,黑压压无数其他的敌人,我如何苟活几十年?

但这习惯成了我的救星。险些不是真的,而我抵抗了那似乎注定将我剥蚀一空的绝望。那些庸庸碌碌的,喋喋嚼舌的,那个畜生,上百回我该摔开他们,我把他们留到麻袋开庭之时。

餍足的欲望

我在生活中几乎从未伤害过别人。我只有这个欲念。我很快没了这个欲念。我满足了欲念。

在生活中无人如愿。侥幸谋杀了五个仇敌，他们还会找你麻烦。太绝了，死人找来的，为了他们的死咱们已呕出多少心血。此外，在执行时总有不够完美之处，而换了我的风格，满可以杀他们两次，二十次，更多。同一个家伙每次递来那副可憎的嘴脸，我会把他的头冲着肩膀嵌回去直到死亡接手，随后，不管死得多透，体骸多冷，若某个细节不顺眼，我当场把他扶起，以恰如其分的修订和打磨再屠宰一番。

这就是为什么在现实中，如俗话说的，我不曾伤害过任何人；甚至我的仇敌。

我把他们留到我的大戏，那时，凭着细心和妥帖的超脱（无此就不成其为艺术），加以适当的修改和彩排，我把他们结果。

因而差不多没有人对我心存抱怨，除非他们莽撞地挡住我的去路。连这还难说呢……

我的心定期清除了恶意,便向善良敞开,而人家差不多可以把一个小姑娘托付给我几小时了。很可能不会发生什么难堪的事。谁知道呢?她离开我时甚至还会老大不情愿呢……

腊肠地窖

我酷爱揉捏。

我给你擒来一名元帅,研之磨之,手法老辣乃至他丧失了一半感官,他丧失了自诩为灵敏的鼻子,然后是手,他的手再不能挥向帽檐了,即使整个兵团向他敬礼都不行。

对,经过绵绵不断的研磨,我把他缩减,缩减,从此,一根无力整乾坤的腊肠。

我并不满足于元帅。在我的地窖里有林林总总的腊肠,以前这可都是看似遥不可及的头面人物。

但我百试百灵的雀跃异禀翻越了种种雷池。

如果他们后来还引起什么轰动,这真不是我的错。他们已经被揉捏得淋漓尽致了。有人向我断言他们中某某一直在叱咤风云。登在报纸上。真的吗?怎么会是真的?他们被卷起来了。剩下的只是一种如同在大自然里碰到的现象的尾声,属于反光和蒸气之类的奥秘,不必大惊小怪。不,大可不必。

在我的地窖中,他们长眠,沉寂一片。

投人器

我也有投人器。可以把他们射远,很远。须知如何装载。

然而很难把他们发射得足够远。说实话绝不可能足够远。有时,四十年之后他们重返你的面前,当你以为总算平静了而他们才是平静的,迈着五分钟前还在这儿、去去就回的人特有的悠哉游哉的步子归来了。

用烤肉钎

一些上投入器,另一些烤肉串……多么自然而然。很难坐稳。宾客咀嚼。要腾出空位。新客驾到。先来的怎么放?把他们放哪儿?放到烤肉钎上。

顺着一把把椅子、一个个席位击退他们,让他们恍然到了壁炉口。顺势一推,嚯!烤肉钎伺候!

此处丝毫不欠自然。在自然方面无可挑剔。

这就是为什么无人抵抗。款款被攫住,但不可抵抗地被攫住,他们滑向火炉口。抵抗之念的确没有端上他们的脑海。他们束手就擒,紧扎于明摆的事儿。

推荐器械：公寓之雷

不用消灭周围所有的顽童,在剁碎平静的吵闹声涌来的公寓或房间里,让雷霆来统治是更为和平的。

必须有一种调配噪音的超拔意志力(大型交响乐队的某些经验是对路的)。一旦入轨,它自行辗转,久久不息,而再无一丝嘶叫能渗入这隆隆之坝。最好不要使用铜管乐队,光想一想铜管乐就引起头疼。这种情况下,为何自讨苦吃?

用雷霆,只要您用得顺手,应该可以忍受一个半小时附近撒欢鼎沸的淘气鬼。熬得更久,很难。

最好搬家。

此外,好歹要逃开学校。二十年后,这依然能震荡我的记忆。

耳光机关枪

不出所料是在家庭生活中，我制造了耳光机关枪。我不假思索信手造了出来。怒气骤然迸出我的手，就像一只风做的手套，就像二、三、四、十只手套，喷射的手套痉挛又迅疾地冲出我的指端，飞向那目标，那可憎的脑袋，径直击中。

手这样反复狂吐，令人惊愕。这真的不再是一两记耳光。我生性矜持，只有到了盛怒的悬崖才会放任自流。

真是耳光的溅射，如瀑，颠震，而我的手纹丝不动。

那一天，我触到魔法。

敏感的人想必会瞥见某种东西。带电的影子之类，从我手尖痉挛着磅礴而出，刹那之间，凝聚又变形。

坦白说，表妹讥笑我之后刚刚开门离去，我顿然意识到恼羞，迟了一步回以耳光的扫射，当真是脱手而出的。

我发现了耳光机枪,姑且这么称呼吧,也没有什么更好的叫法。

随后我见那个装腔作势之徒的时候不能不配上向她蜂拥而去的耳光。

有这个发明算是没白忍受她的嚣嚣毒舌。这就是为什么我有时建议家庭内的宽容。

行动自由

我不再旅行。为什么旅行会吸引我?

不是这样。绝不是。

我可以自己料理他们的国家。

照他们的作风,总有太多的事情周转不灵。

徒劳一空,这些纽约人建的摩天楼,轻轻松松就能飞越而过,还有中国人造的塔,以及他们的窖藏极品般的文明。我呢,我把中国搁在我的庭院。观察起来更为自在。而且他们不会像在本国一样,趁仇外宣传之势企图骗我。他们在我的家里泰然做着小买卖。钱流来,流去。他们知足矣,流着就行了。而他们踏实养活了一大家子……如果我给他们留时间的话。没有钱,他们也能养活,兴许人丁更加兴旺,倒多亏了穷苦和听天由命。我甚至必须留点神。

我也不会去蒂罗尔或瑞士,恐怕返回时碰到铁路和航空罢工,被夹得像鞋底的蟑螂。

没那么疯!

巍巍群山，在何时何地摆放它们全凭我兴之所至，摆放在我出于心血来潮和暗自得意忽然渴望挥洒高山的地方，在一座首都，那里挤满了房子、汽车，以及为了横向走于平原的甜腻空气而专门配备的行人。

我把它们放到那儿（而非别处），在砖石建筑的工地当中，那些楼群只需知趣让位。

况且，这是火山，我的山峦，为一闪眼喷射出新的嵯峨而跃跃欲试。它们耸起于鳞次栉比又狰狞的房子之间，推翻而代之，适得其所。现在它们在那里了。

不然，我在这乌烟瘴气的城市住得下去？有人住得下去吗？

绝无。

若没有火山的入侵，大城市的生活很快就会彻底忍无可忍。

给年轻夫妇的劝告

一旦我们忘了男人是什么，就禁不住想帮他们的忙。很可能，这就是为什么要奉劝自己三思，要望而却步。

没有女人者一心想抚摸她们。有女人者，抚摸她，却又一心想揍她。嗯，揍吧……只要她毫无觉察。

最好还是把她杀了。之后，舒服多了。你会感到更镇定，就像抽了一斗好烟，地道的好烟。她亦然，她会更欣赏你，发现你少了挂虑，更活泼，更可爱，因为你定会如此，这是不可避免的。但兴许得朝朝暮暮一再杀她。为了琴瑟和谐，这便是代价。

现在你知道了。你再也不能退缩了……

再说，她也杀你，可能从你们共度的头一天算起。对于一个有点爱挑剔、有点神经质的女人，这几乎是必需的。

谋杀的哲学

谁杀了不到一百次,谁就先拿石头打我。

哲学是人的必需品。没有哲学的成人荒诞不经。必须懂得寻找通往哲学的道路。勇气加敏锐。

但我不是特地在这里谈哲学。我四处谈,向开窍的人。

我将谈一谈乌合之众。

不要,当我斟酌各种各样阻碍我向前迈进的不可能性,不要让我在此刻遇见街上的人群。

所遇无非是人海四面八方涌来叫你丢掉信仰,叫你拘束、跟跄、驻步,叫你自暴自弃。

所幸,某些时刻袭来一股摧枯拉朽的确信,那时所有的骚动者发觉自己"在坏的一面",在让步的一面,而你的则是坚定的,凛凛然坚定。

你遂降临于街上,你挥镰阵阵劈开愚众。大势已定。无辜者?谁无辜?指给我们看,到底是不是存在！

再说，他们被收割之后并未元气大伤，这些麻木不仁的群氓，而你，你却更健康了。试一试吧。每个人都可以这样走上街头。关键是自信。随后，释然于必做的姿势，你终于重归安详，可以踏足哲学了。你已抵达完美的水平状态。且享受吧。你甚至不用勉强就能慈祥起来。这也颇为惬意，是的，起码在开始……

上石膏

长嘶吼者不吼了,那个中士,我把他塞进了石膏。喉舌已归巢于我抛在身后的吼喉之墓,在这石膏墓里他们"被裹胁"于白热化的抨击,女人于白热化的争吵,父母于白热化的咒骂,学监以及管纪律之类的喽啰于白热化的训斥。

小时候,第一次目睹石膏凝固,我受到震惊并陷入沉思。我无法超脱于这个景象。仍旧只是一个景象,但我隐隐约约而又钻心入髓地感到,这其中有某种东西,日后也要为我服务。

我用它固定了某些上蹿下跳的搅屎棍,某些以发号施令为食的饕餮,某些全村、全会、全党甚或全沙龙的打鸣儿巨星——所用的石膏多过山区医生在滑雪旺季的订购量,在那个季节目空一切的傻缺们在飞流直下时摇身欲换个风姿,当着耀闪的承重雪(雪反正承受一切,包括两条断腿)。

⋯⋯我们不谈什么断骨了,谈谈凝固。谈谈平和。绝妙,深邃,恬淡。再也无欲无求。是的,我会知悉这个。任何人,即使是淋巴体质,都不能口吐此言。甚至我,我若没有石膏也不会获得同等的结果。

宛如大海

常常我会掷身向前,宛如大海涌上沙滩。但我尚且不知何所为。我掷身向前,我曳步向后,我又掷身向前。

我的苴长的踊跃马上就要脱颖于某个形。必须这样。移动的幅度让我气喘吁吁(无关乎肺,而是由于一种纯属精神的呼吸)。

将是一桩谋杀吗?将是一抹仁慈之波降临尘世吗?还茫然不知。但迫在眉睫。

我透不过气,等待那蓄势的浪涛滚滚而来。

瞧,时辰已到了……

那曾是喜悦之波,那一回,慈悲的微澜漾开。

攻　山

小菜一碟，扭断一条脖子，扭断十条，把一个哼哼唧唧的老姑娘连座位一块儿拔出地板，迅雷之势足以令她的头骨在家具上磕碎，让凳子缺个腿。为这个，最小的怒气即可，只要是真气，但说的是要抓住眼前的一座阿尔卑斯山，敢奋力抓住晃一晃，哪怕仅一刹那，这座一个月来横亘在目的万仞沉闷之物。正是它掂人的斤两，或说，哂人的不自量。

但为了这个，必需一种熊熊烈怒–烈怒。此等怒气不许任何一个细胞偷闲（一丝丝走神也断然不可），它再不能，再也不会退缩（而当要气吞之物过分庞大，它们不管人怎么咋呼几乎全都溜之大吉了）。

这还是要在我身上发生一回。哦，那时候我对这山并无芥蒂，除了它突兀的长存将我困扰了两月有余。但我顺势利用了这种因一支刺我傲骨的矛而发起的雷霆之怒所托付于我的无穷力量。我的怒气在怒放之际，在高潮时刻，碰上了这蠢蠢刺目的山，是它激起我的盛怒,使之浩瀚,使之将心荡神驰而孤胆的我掷上了险峰,好像那是一块确实会吃亏打哆嗦的东西。

它哆嗦了吗?不管怎样,我攥住了它。

近乎不可设想的进攻,打它个措手不及。

这就是迄今我的攻势之巅峰。

打倒成功

诚然，千真万确，我不是成功人士。那有什么意思？横竖我都成功。

我达不到的目标是给我一记好处、我记它一笔的目标。

为什么我会率领大军厚颜无耻地盘踞在外国的首都？为了这么一丝丝的不要脸，我会埋怨自己惹一身麻烦，竟然二十年来汲汲营营求得军服上的几条杠，本来一百块或借着翩翩遐思几分钱就能弄来，竟然切切实实牺牲了一堆堆再也无法生还的人（他们都没有以此消遣，首长也没有）。

说实话，我会羞于杵在他的位置，最起码羞于为此得意洋洋。哪怕强迫自己二十分钟而不是二十年当纪律的奴才。

禁锢于繁缛规则，就为了伤害一个个可怜虫，而既不能把他们正当地结果又不能复活如故。真的不行，我不理解这存心作恶的挥霍者。

真幸运，我们永不碰面。

行为准则

那生来做独子却有七个兄弟的人,当行之事如下:

不,我终究还是不提建议了。他若读过我,自会明白,就会了解那造型生活。真正的造型生活。七个兄弟!好运何其连连,如此多的仇敌唾手可及,永远!

但也许关于造型生活我并未说尽。须知作为雕塑家我怀才不遇。这无关乎我就别的雕塑家所吐的厌恶之辞,他们的作品在我看来好像……还是不要费神形容了……因为根本不像样。无可否认,他们矻矻劳作,但其雕塑总是拱不出个样子来。

这班窝囊废雕琢着一种忘恩负义的材料,忘恩负义并且迟迟不成形。

我呢,我雕刻活的肉体,当机立断,就地赋形。这启发灵感、令人销魂的温软材料,反而应该担心被吞没其中。

对征求意见者的意见与回复

"应该把婴儿钉住吗？" J.O. 写道。不，我不会回答这个狡诈的问题。我忽然有点儿悬心，即使只关涉蝴蝶，我也不回答，尽管它飞得特别风骚，一副"我来了哟，我不来了哟"的轻薄劲儿，并且翅膀上炫耀一种愚佻而陈腐的矫饰艺术，不，提的是它我也不会显山露水。

至于婴儿，他们乃国之荣耀。未来之荣耀。他们若闹，乃相当自然。闹声如海浪，此起彼伏：这是因为他们得喘一口气，虽然悲愤填膺，得劈头盖脸叫你晓得他们在受罪。闹声如呼求光亮：这是因为他们希望能一劳永逸地表达，呕尽痛苦。

这些蹩脚的艺术家创作。唉，你参与他们的创造。其作怪诞。劝他们自认铩羽是太早了。若干年后，庸碌之辈终将老成练达，放弃表达，沉湎于机械或农业。但很不幸他们现在一意孤行。

J.O. 又写道："我给他们裹面粉。可否？我把他们抛入茫茫沙丘之中。到那时,再无哭闹,再无声息,日子浑然完成如在教堂。可否?"

不,我不回答这个男人。我想,必是战争刺激了他的神经。

我原谅他,可他要小心。

不是谁都像我一样体谅,大概。

中央菜市场旁

路过中央菜市场，我们以粪便填塞那里。难于做别的事。很难。

于是散发的气味（自数百吨的粪）千辛万苦得以凭着恶臭统治帝国，凭着由卷心菜或其他蔬菜，即植物界最易于含辱腐烂的部分，受人青睐的部分构成的，亦由惨淡无味的肉构成的棚内这大坨堆积物的滚滚不尽之沤臭。

一些无鼻赫丘利①在这腥臊的监狱穿梭。必须宽恕他们。他们对此不负责任。固然孔武有力，但违背那化人类美食为腐臭的自然法则，他们会轰然垮了身体。

---

① Hercule，罗马神话中的大力神（即希腊神中的赫拉克勒斯），此处概指旧时巴黎中央菜市场的搬运工人。法语中"les forts des Halles"（中央菜市场的壮汉）即指搬运夫。

集中营看守

"当他们被押去处决,我在高空耍杂技。为什么呢?我不晓得。一种旋折的绚烂葳蕤,一种激昂,总之这喜悦弄得我承受不了胸膛的心,它的抚摸犹如一涌崭新的触感,它跳得幽深莫测,仿佛酝酿良久,这又令我保持警惕,在威胁之下屏气敛息。

"而我绕着杆子不知疲倦地旋之又旋,以我可怜兮兮的装备,做这冷静运行于世世代代之夜的星辰。"

炸弹人

不，我没有工厂，没有工具。我是稀有的炸弹人之一。我说稀有，因为若有其他，为什么他们深藏不露？的确，还是可能有过。我们不得不谨慎。

"爆炸，有朝一日会很危险"，公众想。

杀戮之后，是爱抚。"他话虽这么说，"公众想，"可如果他耽于杀戮，如果他陷入杀戮，如果他最终实践杀戮。"公众，在其简单的灵魂里永远的法官，动辄判决我们。

但我沉默的时候到了。我已说了太多。

写作显然令人过分暴露。

再多说一句，我一个跟头栽入真理。

况且，我不再杀人。一切皆归于腻味。我生命的一段又终结了。现在，我就要画画，颜色从管中冒出来，很美，有时过一会儿亦然。就像血。

幻 象

刺针星座

将我维系于四肢的习惯骤然松脱了。空间扩展（我身体的？）。它是圆的。我跌落进去。我往下落。我往上落。我成微末落入繁复的方向。快溜，我冲刺。此处，彼处，一个又一个深渊紧随而至。被扎了。我连连被扎，每一下都短促之极。来自远处，渺远处，而无处不在。

不可能逃脱。我在刺针的星座中。

抹去的鸟

这一只,是在白天出现,最白的白天。鸟。

它拍打单翅,飞了起来。它拍打单翅,抹去自己。

它拍打单翅,重新出现。

它停落。倏忽又不在了。单翅一振,它将自己抹入白色的空间。

这就是我熟悉的鸟儿,它来布满我小院的天空。布满?倒要看看它怎么布……

而我伫立原地,凝视着它,着迷于它的出现,着迷于它的消泯。

环行我身

那时候,十年来不再领受的恐惧,重新控制了我。起初是一种钝痛,然而,当它终于来临,却来如闪电,如一股让大厦分崩离析的气流,恐惧将我占领了。

我的恐惧刚一思虑我的手要凝固在不远的将来,这将来就立刻发生了;我的手僵硬,再也抓不住任何东西。我的恐惧刚一想到手足坏死,双脚顿时冻结,一下子被抽离了生命,好像从身体截断了。一道斩决的堤坝将我与它们迢迢隔开。俱往矣,这两团泥胎,我只得放弃它们,一眨眼它们就再也不能冠名为我的脚了,在离去之前,它们还承诺以锐痛,之后,一旦走了……

恐惧接着扎进我的头,刹那之间,一阵沸闪的痛楚劈开我的颅骨,继之而来的是如此的虚脱,乃至回想起名字的努力都令我胆怯。

就这样我以焦虑环行于惊慌的躯体,一路引起休克、梗塞和呜咽。我唤醒肾脏，它煎熬；我唤醒结肠，它刀绞；唤醒心脏，它拔剑出鞘。夜里我脱去衣服，战战兢兢检查我的皮肤，等着疼痛让我皮开肉绽。

一种冰冷的痒令我警觉，此处，彼处，一种冰冷的痒刺探我的所有区域。

战争刚刚结束，我不再坚守堡垒，而稍一喘息就现身的恐惧，如风暴进入了我，从此，我的战争开始了。

永远别想象

烧灼器透着一股言之凿凿、不容辩驳的气势。它的风格朴实:"我看见你,我摧毁你。"

在它碰到的毫无招架之力的肉体上,它会划出多么绝妙的犁沟!真是如火如荼的雕刻,真是精雕细镂。你炽热地投身于工作。一切酣畅,除了一丝焦煳味叫人有些尴尬。不过管它呢!又不是鼻子在这儿亮绝活。谁靠鼻子搞创作?绝非我也。因此,谁若想别有风趣地遨游人体,怎能以这个借口拒绝他使用这精妙的器械呢?但是小心,要把它掌握好,聚焦于它所钻研的肉体。不管在"我对你"时它何等令人兴奋,在"你对我",甚或"我对我"时它可是凶神恶煞,如果你脆弱到使之攀向你,而这是可能发生的。哦!多么轻易就发生了!小心!成了!松手!快松手!太迟了,瞧,它已契合你的肌肉,进入你的大腿,然而在那儿你发现不了任何冗余,瞧,它已来焚烧你的膝盖,无限小的高炉那可怖的灼热钻入骨头,一瞬间踏遍你的骨髓，一蹦而上直掀天灵盖，像一只恐慌的老鼠。

脱臼的木偶呀，你翻滚，此刻，你翻滚在苦难之床，这个轻举妄动的蠢货。

卷浪马刀的攻击

那儿，我遭受卷浪马刀的猛攻。很难闪避阵阵刀劈。以何等的柔韧，它潜入肌肉。

还有支矛举向我，长矛，很长。

它会变细，否则，鉴于它长逾八米，我认为六人合力也不能驾驭它。离我仅一米，它已细如皮下注射的针头，而且仍不断变细，乃至五十厘米远时它几乎不可见了。这样，当它进入身体，虽如此精微，却随之更具穿透力，庶乎不会打扰各种组织的井然聚集的细胞层。这时候千万不要动，纹丝不动（可如何能办到呢？），连呼吸都要几近于无。接着，它或许会抽身而去，如进来那般，轻轻地。

有祸了，那打了个寒噤的人。一种刀光横飞的痛，照彻你的最深处。大概是一个神经元，一个神经元咳出它带电的苦楚，这将铭刻于你的记忆。

哦！时刻！此生多少警戒的时刻……

但有时，当它轻轻刺入凝然不动的你，而在你的背后人们浑噩妄动的时候,偶尔有一种奇异的感觉袭来,就是兴许趁你缓解的片刻,它正在穿过你的身体刺杀某个人,我的意思是"在身体的那边",而你等待那致命的尖叫,当然,不是什么热切期待。我们自个儿已经够狼狈了。

开膛机

在某些时期，我每次上床不能不动手术。刚一合眼，床就跋扈飞扬，腾空而起，致使我到了天花板跟前。

接着那手术器械降于我身。多台铣床嵌入坚硬的框架。

在这能够削泥般给密实的钢条旋出切屑、锪出光滑深孔的器械之下，我绝望地绷紧了身体。不，似乎还抱着一线希望。我让自己僵硬、僵硬再僵硬，硬得终于脱落我软弱的天性，换上一件颤动的、刚强的、直流电布阵的围裙，看来为了洞穿我这拼命绷紧的表面，这些试验过的金属装置并非虚设。

直到那一刻，直到实施穿刺之前，我始终保持着，尽管我的处境连机器人都会为之气短，我始终保持着纯粹的大无畏精神。

然而随后！随后……当这台开膛机（怎么能相信这是做手术的，既然明显不是为了手术而备刃，起码不是为了手术成功?),当这台开膛机撬开我的表面,皮肤迸溅,即使就一丁点儿,真皮层最薄处的一丁点儿,唉,我的天性,我的一小片碎指甲就能打垮的凄惶的天性呀……但是,哪种天性能抵抗这残暴的开凿?我倒要问一问。

联想的危险

锯是美妙的，锯板工人的长锯，刚劲、机敏、镇定地行进于沉重的木材，君临而斩之。

胸膛也是美妙的。很美妙。在内，在外。尤其是在内，它施展多么辉煌的用途啊，当人善用之，时不时带它去享受高海拔的冷冽空气，让它蓬勃而悠游。

但是何等惨烈啊，执拗逼近的锯下的胸膛，何等惨烈，是你的胸膛就更加一等，可为什么在你切切关心的只是肉体之时你的思想凝注在锯上？正为这个缘故锯的接近才在劫难逃。而在我们这个流血的时代，它又怎能不纠缠上身？看呐，它已经进来了，好似进了家门，凭着灿烂的牙齿扎下根去，在胸膛从容不迫地剖出无用的犁沟，对任何人都无用，这还不明显吗？

现在太迟了，"意马四驰"的思绪。它到了。它在此割据称王，仿佛浑不经意，径直切入你沦丧的肉体，你那注定沦丧于此刻的肉体。

负荷过重的马

当我独处一两个小时，常常会出现一匹马，远远地，而且还在渐行渐远。道路荒凉，它从我旁边经过，定是有好一会儿了，然而无论我怎么做，怎么踊跃地冲入"黑暗"——我猜它就在那儿，我总是晚了一步，总是让它抢先了，不，让它远隔了八百米之遥，此时这缩小的庞然大物，只是为了越缩越小、近乎消失而踽踽前行。

高大，非常高大，健硕的形体更适合耕地，而不是旅程，辎重突耸如单峰驼，它愈来愈远，这生命之碑孤悬在裹身的荒漠中，但这碑给予信心。它拥有信心。高高渺渺崛起于四蹄之上——而能看清的只有四蹄，在一大堆模模糊糊的杂物之中冒出一个类似驮鞍的东西，一颗聊胜于无的小脑袋，似乎是鼓鼓的、灵活的，或许那只是一口长柄锅，要么是头盔，因为这么远，不可能望得见领路的马头，况且那堆行李，从我这边看来，夸张地把它箍缠住了。

这匹马，我注意到，从未转过头看我，或者看任何别的东西（就没有虻虫叮咬它吗？），或者听一听背后的声息。似乎并没有声音，没有生命。唯独那累累负载与它结伴而行。

以前向我显现的可不是这种马，这还用说吗？

泵 抽

骤然间，深夜，胸膛内一阵泵的顿挫，就在心中，但不是泵在输入，而是抽空，抽空，留下你濒临昏厥，濒临无主体的恐怖，濒临"荡然无存"。

膝盖在一瞬间，在十分之一瞬间开始颤抖，如高烧四十三度半。

但没有发烧（倒是希望有高烧作伴），没有发烧。无。而"无"是为了让位给那将要呼啸而来的可怕事件，我等待着它，它在阒寂里召唤，它不会无限推迟……

乳房之海

我料定,阿尼亚多对我说,不止我一个。还有其他人遨游过乳房之海。

从来用不了多久,我就会遇到他们水草般漂流在我的下方。很可能几寻之遥是不够的,应该不畏远离。我全神贯注,向前游去,不再为了返回而忧心忡忡。

这就是为什么我更喜欢大河之水,靠近河口,宛似湖泊,而水流潺湲。我顺流而下,涟漪缭绕。哦!销魂。这散布着玲珑小岛的惊人元素,谁都会流连忘返。

到海湾了吗,或者还在河口?不知道,也不想知道。溯游,溯游,直到筋疲力尽,意识游丝般你搁浅在岸上,半入沙,半入水,小浪舌来来回回绕你品藻,将你吞蚀,汩汩作声,还有大团的水喘息在远处,窸窸窣窣,似微茫听闻的人语,微茫忆起的人语,不知道。

雕像与我

有空的时候，我教一座雕像走路。鉴于它的静止被如此夸张地延长了，这并非易事。对它不易。对我亦然。我们之间咫尺天涯，我很清楚。我还没有傻到连这都弄不清楚。

但岂能把所有的好牌都摸到自个儿手里？所以呀，莫踌躇。

要紧的是，第一步要帅。它的一切尽在第一步。我明白。我太心知肚明了。因此我才焦虑。于是乎我锻炼。我前所未有地锻炼。

我置身其旁，与它严格平行，和它一样单脚抬起，直挺挺，俨然深扎土里的木桩。

唉，雷同如登天。或脚背，或足弓，或风姿，或气韵，总是差点火候，而我灼眼等候的出发，连一点端倪也没有。

这就是为何我几乎发展到自己不会走路了，一种僵硬侵袭了我,然而是一种英姿勃发的僵硬,我的被震慑的身体叫我害怕,再也不能把我带去何方了。

论返回之难

傍晚。五点，已夜色沉沉。我落入致命的焦虑，焦虑，还有沮丧，尤其是致命的焦虑。平躺着，一动不动，我琢磨着那场事故是否真的发生了，我的双腿是否的确断了，或者这不过是在我内部（不过如此就好了！）一个景象过于鲜活地闯入心神的跋涉回闪之中，可我不敢一探虚实，我一直噤默在旅馆房间的红沙发上，周身感觉到悲剧，连一小块皮都不敢妄动，生怕肇始于太轻率的察看，竟印证从此事情变得不可挽回，不可挽回地变成我的噩运了，而我企望的，正是把这个日子抛到我的生命之外。但它就在这里，接近尾声，没错，却充实得满满当当，塞满了这个赫然蠢货，这影影绰绰的灯塔般突然劈面而来的卡车，于是我琢磨着它的弥天巨轮是否真的碾过我⋯⋯或者只是⋯⋯可我宁愿，哪怕只有半小时，为我留一扇门，为我重如界石的腿留一点可能。我很明白我再也站不起来了，像我这般因我的十二克白蛋白而病恹恹，两年来毫无起色,一点风吹草动,犬蔷薇扎一下就会感染,尽管心脏经不起手术,到底还是得做,自然不会成功,三个月之后必须把它们再敲断一次,那时我自然早没了力气……我浑身冷汗,下不了决心从灌铅的腿上掀开毯子,宁可拼着定力的残絮,尝试回溯到事故之中,到它发生的前一刻(不管它是现实还是浮想),就从此处选择另一条路,而不是去撞上这突如其来的喧嚣又愚蠢的五吨。

  我挣扎至此,正在记忆中搜索着逃路,忽被扔到另一种挂虑之中,好兆头,我旋即鉴别出来。随后,我从忧心的最焦灼处挣脱,掀起腿上的毯子,看来我的腿安然无恙,而且非常适合支撑我,只要我愿意告别这猎物之床,而这床刚刚还将我羁绊于自我,因为我曾想从人群的交往中撤离。

毁坏车间

……毫无过渡，我被运到毁坏车间。活的。麻木的。他们即刻履行职责，抽出我四肢的筋，一根根输向仓库的分拣车间。

已然有人用木槌敲软我的后背，剥啄剥啄，递增着我的麻木。"他还不够嫩"，一个声音宣布，于是槌击重新开始，更见骨力。

已然刺入了锥子之类的东西，在上面他们琅琅捶打。

咬合度，切入点，都一丝不苟。"整个成色要像一根灯芯"，刚才那个声音又说。这一次，我要插一句。我有了陡现的勇气。徒然地！

面对他们，我找不出话来。断乎词穷。在连续不断的击打之下，我陷入一种永别式的瘫痪。

当心你的脚

当你把脚探到长棚的另一端,要费多少周折才收得回来!多么冗长的周折!

太晚了,现在才问它怎么能在这堆满工具的空间里不断伸展,委蛇委蛇,直到离你躁动的胸膛有三十来米之遥,而你的头瞻望弗及,在突然怒张的责任下张皇失措,又估算着种种恶果,哪些能弥补,哪些不能……

快呀,快把它们收回来吧,假如还有可能,赶在开工之前(但铃声刚刚响起),赶在工人进来之前,他们一腔愤懑,猛地踹开大门,绊在上头,便爆起粗口,任沉甸甸的工具砸下去,那么铁定是骨折了。这么远的距离,一根骨头,你想想看,它如何能骨立重围,又是何等的狼藉。不再是一处骨折了,十处,更多。他们发现这绊脚的东西竟然纵贯整个工场,处处留爪,怎能不火冒三丈?他们火冒三丈,换了你也一样,如果你并非在祸事的彼岸兴叹。

哦！大自然的陷阱，放我们走，只是为了转瞬间再次捕捉……

穿颅病人

生活中的平静（因为人自有平静，有时太过漫长，简直让人巴不得有什么不幸来打破那种枯燥无味），生活中的平静仰仗于某个信心，后者又仰仗于其他芸芸信心，而归根结底，它们皆仰仗于我们的头，据有限的经验，我们推断这头坚不可摧。

但是有一天，天花板破裂，一根房梁落下，以纯属悬疣的额外打击对你狂轰滥炸，这时头颅便露出它的本相，无非是个物品，混于众物，易碎品而已。正是这个令目击者错愕。至于你，这要等你下回分解，并且不是一回事了。此时此刻，你张口结舌。而一旦真的舌头打结了，就得指望别人舌头利索。他们忙着救你，忙得不可开交。常言道，"他们干预"。但动刀干预与否，到了头颅骨折这份上……行了，反正他等会儿才知道。

三天后，头颅幽禁于绷带，他含含糊糊抬起一只倦怠的眼皮，所有医护人员额手相庆。而他，他拿什么庆，他不庆贺任何人。

每人身体内都有一处他的垂青之地。因人而异。这是自然的。但同样自然的是，很多人偏爱待在头脑中。没错，他们穿梭，他们下潜，以各器官为逆旅，行行复行行，然而他们喜欢常常返回自己的头脑。

穿颅病人立刻有了这种归心似箭，可这立刻的下一刻，他知道，他感到，他确信再也不能上溯到头颅了，起码在那里居住的念头成了泡影。

在他的头脑中有一块园地，他特别心向往之，一块他熟稔的园地，唯有他了解，在那里，他曾观看其他人携着琐屑小事熙熙而来，必要时他会刹住他们，轻轻地，不会滋蔓出太多麻烦，现在这块地方丢失于巨大的虚空，这虚空碾动着……痛彻肺腑。

一场战争来临。一场战争过去。在过去之前它勠力而为。它万死不辞地勠力。那么它此处彼处捣碎几个头颅，就是自然而然的。穿颅病人如是自语。他不需要什么怜悯。他唯愿复归于头脑。

无论白天，无论黑夜，他都是穿颅病人。尽管最柔和的灯发出最微弱的光，都造成灼痛（只要真正暴烈之物闯入头脑一次，随后进来的一切便悉为暴力），兴许他还是偏爱光线，甚于那潜梦的黑暗。可这算不上真的偏爱。

  他求索的不是这个,他求索,他一根筋地求索,毫不松懈,他求索的只是上溯到他的头。

西绪福斯的劳作

夜是一个大立方体。反抗。极端反抗。重重围堵的墙,将你限制,企图将你限制。绝不能接受。

我呢,我出不去。然而我已推倒了多少障碍。

多少墙已经坍塌。但其余的层出不穷。哦!落得个层出不穷。此刻,我全力向天花板开战。

在我头顶成形的坚固的拱穹,我对它们来者不拒,我锤之捣之,叫它们分崩、爆裂、沦为齑粉,而总有后来者涌现出来。我挥舞这不知疲倦的大锤,猛击一下就足以击毙猛犸,倘若还能找到一头……在此处。可扑面的全是拱穹,顽固的拱穹,一定要打碎,一定要击溃。接着要清除这一片荆天棘地的瓦砾,它们遮蔽了自远而至的事物,不过,未来除了更多的瓦砾我还能推测什么?因为明摆着有更远更高的拱穹,亦需轰然溃散。

对于我,脚下的硬物并没有少些禁锢,这是我不能,我不该忍受的障碍,它与我被置于其中生存的可恶的大方块，是同一物质。

抡起十字镐，我给它开膛破肚，一个接一个。

从地窖到地窖，我一直下降，敲碎一座座拱穹，拔除一根根支柱。

我毅然下沉，并不灰心于接踵而来的地窖，许久以来我已不再清点它们的数目，我挖掘，挖掘，直到浩繁的劳作之后，我不得不升上去斟酌这一路的方向，因为挖成了螺旋。但刚到上面，我又心急火燎往下走，何等浩瀚的凹穴群在召唤我继续深耕。我心无旁骛地下降，以巨人的大步流星，迈下一级级台阶如跨越一个个世纪——最终，在台阶的彼岸，我蓦地扑入自掘的深渊中，快啊，更快，更似狼奔豕突，直到撞上最后一个障碍，暂时的最后一个，于是我又以新的狂热动手清理，清理呀，清理，埋头挖掘在无穷无尽的墙的密丛，裹足难行。

但有朝一日，境况会有所不同，也许吧。

充 满

充满我

充满你。

充满晦暗夙愿的无尽的面纱。

充满皱褶。

充满黑夜。

充满朦胧不定的皱褶,我瞭望哨的皱褶。

充满雨。

充满残骸,碎渣,成堆的碎渣。

还有嘶叫,尤其是嘶叫。

充满窒息。

慢吞吞的龙卷风。

明亮的灵薄狱

带光环的
带光环的
带光环仿佛被闷住的
当在我体内点燃一种渊深黑暗。
被解放的
带锁链的
如磐压顶的,抵达刹那静谧
或震怒的,锤击敌手的前庭。
被摊开的
被拢紧的
被倾泻的
逐一吻合。

带光环的。

那些未完成的

不言不笑的脸
不言是不言否。
怪物。
幽影。
绷紧的脸,
去了,
闪过,
慢慢向我们萌芽……
丧失的脸。

行　走

行走，
行走，
兜售挨揍的脸和惴惴的鸟，
行走在熊熊燃烧的城市中，
兜售失落的航迹，
风的、水的、气味的幽灵，
行走出狗的一生，
行走，
行走。

在等待中

一个疯狂存在者,
一个灯塔存在者,
一个被删除千次的存在者,
一个从地平线深处流放的存在者,
一个在地平线深处赌气的存在者,
一个从地平线深处呐喊的存在者,
一个瘦骨嶙峋的存在者,
一个风骨凛然的存在者,
一个骄傲的存在者,
一个想要存在的存在者,
一个在两个对撞时代的搅乳器中沉浮的存在者,
一个在良知披靡的毒瓦斯中吐纳的存在者,
一个如在头一日的存在者,
一个存在者……

眼

> 谁将道出尘世目光的重量?

眼,
眼,
眼如唵①,
眼如流水,
如波浪之溯洄,
如掌心之放弃,
如缺席者再次飘蓬,
如突降的灾难用絮蒙住一个世界,
同时又把它摊开。

永恒眼。

---

① 唵(Aum),印度教等的咒语。

离奇处境

一

我曾在一种深深抵抗的惊跳中。一头猪切碎屠夫。我在这个屠夫内。不可能倒退一步。猪是一个世界。屠夫是一个世界,但变化来了,变化之后的境况如下:

平原漠漠,高天悠悠。我乘野气球颠簸。几多翱翔!几多坠落!几多袋鼠蹦跳于旷野!

整个气氛随天真的浮空器膨胀,天真,但暴烈,但桀骜不驯。

在吊篮里,大腿,喊叫,壅塞的天空中又疯又热的角落,但有了变化,新的境况如下:

车皮,车皮,车皮。

一列长长的牲口车缓缓驶入调车场,这时稳稳当当地,一列逆向而来的火车齐刷刷扯断了所有的牛头,除了一头,每节车厢一头,它哞哞长啸,气势磅礌地吐出牛群的灵魂，而牛群抛洒着鲜血，在车厢中跪下。

我正要说些什么，但有了变化，境况如下：

水！水！浩淼无际。水的平原，水的静练，流水泱泱的盆地，淹没两岸的大江长河。但翩然一转，转折之后视野是这般：

一座城。一座白城的一扇扇门，而人从水进入。这是一个盛大的杀头星期天。

我们岌岌逃脱，最终白城消失在我们的步履下，我遂落入一个逝去的时代。

在四轮华丽马车上我披戴铠甲。何等辛苦！我脱下来。我把它做成一把锯。然而我颇为尴尬。我丧失了协调情感的习惯。怎样快刀斩乱麻？我盯紧铠甲的残骸。我不记得是不是在里面留下了某个人。那么多缺席者！那么多我们本以为失踪的归来浪子！

但起了变化……我发现在非洲。

好吧！好不尴尬！于是我买了变黑人权。总算安宁了。随后我想离开这个国家，废除这黑人。但他们不愿废除。一位暴君，夹着雷霆发令，不断把我甩回达姆达姆鼓的土地上。

我坐了片刻。一个赶骡人以为我睡着了，宰杀我。错！我站起身，变瞎了而已。哦，夜！穿不透的夜，这次当真穿不透。一时间风来添乱。肆虐风，地狱风。须臾之间，我的头盖骨被它的狂飙剃得精光。

但有了变化：我的视觉恢复，世界璀璨的一角重新铺展在我惊奇的眼里。有污点。到处。纷繁的污点。女人戴着半截面具。压根看不清男人的脸。房子都藏在盖片下，门面与屋顶幽兮冥兮。灰罩下幢幢混沌不分。我闯进乳品厂。地上，一团团气味寡淡的水洼，狂蝶汹涌其中。蝴蝶扑来，向我奔进。我抄起步枪，瞄准一只蝶的葱茏复眼之间，射。只见一个汉子跌落。他若拖家带口可真是悲剧了！蝴蝶疯了一般向他、向我烈烈席卷，簇成阴府的圆舞，令被杀者与杀手相抱而合一，此刻的地板上，一缕缕鲜血的细流渗入大片牛奶中。

但有了变化，变化之后，水取代了奶。又是水！它弥漫。甚至威胁我爬上的桥面。于是我拔掉桥栏，威仪棣棣地写下一篇雄浑的和平敕令。

徒劳的决定！我感到此时此刻我的儿子丧生于一场海难。

二

我仅剩一条灵魂的裤腿，而它飘飘荡荡。

忧郁令我拘守它的褶皱，我并不信仰忧郁。我本渴望有个平凡女子在我身畔。

现在宏大而空间是幽灵集团。

只见向我们滚滚而来，远处战事正酣的海岸，只见向我们滚滚而来，从迢迢的满含疮痍的战场，在武器残骸之间，动物尸骨，人的尸首。

有时一阵灌注透过衣服把他们微微激活。他们用肘支起身子仿佛要阅读，而这努力赏他们一个呜呼哀哉，他们落了回去，永远头朝下了。

一个垂死者，用肘支起身来，说了句"我不太遭罪"，然后死透了。

水蔓延。我游泳，不幸者中的做梦者，擦过破破烂烂的缆索，无意之中招募了群狗、乞丐、倦意沉沉又母性沉沉的女人们。

但有了变化，我剩自个儿形影相吊了。然而我颇尴尬。我有一百个头。它们抢先于我，如棍子戳点方向。可没有棍子，一个头已够受。我有一个腐烂的头。我不再有头。我割下自己的头以维持平衡。我谛视井底，打探它是否落了进去。无井，无头，只有水！还有暴风雨。惊心动魄。仅剩几只上千法郎的木筏。有时候多么难于决策！尤其是只有硬币羞涩，但有了变化，我掉进烂泥。好烂的泥！得挖泥不止。整个国家皆如此。一座座城倾覆,被泥窟鲸吞。男人们都是鱼,或差不多,或至少是外国人。大家都是外国佬。国家不属于任何人。有人种地。近瞅,原来是一个男人霹雳腿猛踢妻子,把她砌入斜坡黏土中。斜坡在她身上恬然凝合了。

但有了变化,所见如此:战斗,战斗。这些战斗分外狂暴。

这堪称极端的激烈旋即奔向更极端,不断突破的众疯之巅。

狂徒再不能后退。看起来他们的争吵势必倾注于火山。

但在行动的顶点有了变化,现在一片幽暗之天撩开面具。幽暗到令人咋舌。暴风乍落。看得见生灵背影。有种果决纷纷松落的氤氲。

几步之遥,抵达大海。

神甫在桶中举行祭礼,一只大桶。他的衣冠凝肃,却呈现出历来的弥撒中最放浪形骸之态。

时而他嬉水于急湍,时而他摇曳于滚桶。

从未有一个人,哪怕酩酊醉鬼,向我展示过更婆娑零乱的身姿。但"去吧,弥撒礼成"①一落,就起了

---

① 原文为拉丁文"Ite,missa est",弥撒的结束语。

变化。一小朵云刚刚显露于天空？一朵大点的黑云气势汹汹，将它追逐。在眼看触碰之际，有阵阵爆炸、颤动，到处摇晃。

接着是时间。无他，只有时间。时间流淌，无一物伴随。

接着起了微风，风拂过废墟。

完。

缺　　陷

这曾是巨人们的时代。我们度过蚂蚁的一生。我们因此成功。从矮门凯旋。然而流年荏苒，一种变质在我们里面不断地愈演愈烈，目前已警告我们，那作为巨人必须克服的缺陷，从此安顿在我们的器官中，它尚且小得出奇，但坦然生长，就为了一锤定音，令我们虚掷于悔恨的整个存在决然错乱。

护 送

我曾被派去护送一支浩荡的大部队。运输何物,我懵然不知。

起初我相信有个人是头儿。我呢,他们来叫我纯粹为了某些命令,属于外国人所传递的那种命令。

这沙漠商队,有时穿过其他商队。

这些纵横交错,是我们的惶然、哀愁、喜悦、丰饶、失落、惊愕、困窘。亦是我们的希冀。

捷足的骆驼群陪伴我们的隐忧。令人恼火的分神,它们逼我们作"骆驼"想。

被吞没的王国

我的王国，君主对我说，时候一到就注定化为废墟，不远了，到那时走投无路的乞丐都不愿踏足其间。

它的覆没确凿无疑。有敌人。但不是因为他们我坐而待之。他们不敢动一动念头。这救了我，却救不了我的王国，无论他们做什么，无论他们容忍什么，它都慢慢被吞没。

我们的好几位学者应该也有所觉察，他们依附于我，故而并未公之于众，甚至不露一丝口风，只想对我一人倾吐这个真相，常常我看见他们挂着一副与宫廷恭维风马牛不相及的凝重神色踅了过来，便一心摆脱之，赶紧用一声感谢或一句示意他们退下的热切遁词打断他们的话，打发他们走，瞧他们的眼里饱含着一条无法一吐为快而刺透脑袋、刺透心肠的信息，我很清楚，可我不想让他们如释重负。我亦然，我不能如释重负。

整个国土必须拱手让出，行将不复存在，一并卷走它盲目的居民。

砍断的手

在这个凶年，我失去双手，但保住了手腕。这令人不满。我必须知足。从此在我体内驻扎了一大片镇静。我从未如此镇静。茫茫绝望向外推移我的界限。

因此，我的镇静，从这浩大中疯长。将我置之度外！而我徘徊在我的噩运的浩渺马戏团中。

不过我险些失去它。因为有人想要，通过人造，归还我若干手指以取代其他，以应付生活之必需。我犹豫不决。最终我说"不"而重获平和。如此之恢宏的情感，不得不是平和，否则怎堪忍受。

然而有时我悲泣，我悲泣，我吃不消了，我悲泣因隳突不绝的嘘声将我穿透，毋宁说是尖啸，切近似剑铓劈入，而他们所有人都在我体内尖啸，他们尖啸：

"你丢了手！你丢了手！可怜虫！你丢了命……"

外在征象

眩晕正是我的涌湍之河。疲惫正是我游弋于睡莲丛。凸显峥嵘的瞭望台,是我的痛楚,而我看见的船本不会从锚链孔流血,若非我自己耗尽了气力。

秃鹫头的界柱。成双的界柱。固执之柱,像站着自杀。我知道,你们并不宣告任何国家近了。对于你们真正是什么我认得太清,并在为之悲凉中理解你们。

劈空大衣

有人神秘地给我展示之。他怅怅然割爱。他毕恭毕敬地赠送于我,为了"这件劈开太空的大衣的归宿"。

这便是捐赠人的原话。然而我告辞时,一片褴褛破布在手。

它帮不上我什么忙。然而当我打算抛弃它,它便硬得刚烈,抵抗我的意图。我只好将它收留,可我觉得它虽然一无用处,却让列强对我刮目相看,而且,如果我没有弄错,竟至于对我暗暗嫉妒。

城门口

我曾被一种离奇的抽紧带到城门口。

成千上万,成千上万的屠夫,高举武器,等待将临的第一个婴儿。

众车夫,在出租马车上(石路辚辚声四处盈耳),众车夫向他们运载稚子。

车流循环!哦,何其循环!然而,没有一辆抵达此处。

我猜想,这是因为有陷落。

此城是一眼无量的复眼之井。

境　遇

境遇里，有沸腾。我的气质里，有安详。怎么融合？

接着境遇变了。

有凝固，并召唤凝固。

那儿亦然，我们并不相容。我的核心坚硬，我喜欢它坚硬。可生活紧随它的无情路，须臾而规律。

接着有丛生的境遇（并吐蕊）。这依然不适合我，而时光永远飞逝。

最终这些时代及其他鱼贯而逝，一种境遇出现了，其中蕴含静谧。

但许久以来一切宁静从我绝迹，此刻我狐疑又蠢动，我认不出它来，或者说将它认作一位和我龃龉的老相识。

所以，这境遇似乎并未存在，又次第消失，而我还来不及与之结合。

天地间

当我不受折磨，处在两段折磨之间，我活犹未活。远不是满载着骨头、肌肉、器官、记忆、意图的个体，由于我的生活感虚弱又恍惚不定，我甘于相信自己是一粒单细胞微生物，悬于游丝，随波逐流于天地之间，于无涯际的空间中，被风簸扬，而仍旧，并不斩截。

怎样的工厂！

噩　梦

噩梦太漆黑乃至烤焦我的头。在这种状态下，我害怕它碎成细渣。新的危险……

锯齿脑袋

环形锯齿。它啮合。在什么上？在其他的头上。也龇着轮牙。头头齿轮，环形齿轮。托钵僧哪个旋舞与之颉颃？舞以头，舞以轴，我使它们旋转于地狱齿轮。我参与。运动加速。我令之更加速，锯齿脑袋的机器遂闷闷地打起呼噜。

肉身关切

我成了多么滑稽的那喀索斯：我自割头皮。我自行活剥。从脚到头，从脚到额，我撕扯自己如削下苦楚的果皮。就这样我自臻惨烈。为何？需要活动筋骨。那么做什么？自行活剥。我没有幸福的想象力。

为何是我？我的脑海并未闪过活剥另一人之念。或许应该考虑……

陶工的手指下

本人即陶工。在专横的手指下，如岩石里穿颅，钳口不言而直入，我挖掘自己。

我的头，我唯一的头，在持续重压之下，凹陷，顺服，变成一个空洞，一个惶惶的新肚脐。

我也旋转圆盘，而一转眼我是盘中饼，森凛之针将我耕耘，耕耘颅骨，耕耘膝盖，一直刺入滑液。

肉之磨盘，我怎会陶醉于这悲摧的行当？但劳作正在节骨眼。怎么停？

四　足

一旦你丧失自身的核心，你便可以和做人一样，做只癞蛤蟆，那等待脚踢的一小团疙疙瘩瘩。

四足动物。我就是它。我变成它。生于我的脆弱。不再切合于我的二足机体（因我如今哆嗦的甚或崩坏的内在动力线），我发现四足匍匐更稳。

起初疲倦。疲倦。接着不是人，不是沙，但沙比人多几分。接着沙比一切多几分。接着延伸。疲倦。疲倦。在自我之内,我延展。我听任一种极致的延展。我必须获得休息。那将是歇于爪子,精准地歇于四撂小碟子。

难道没有更简约的爪子模式吗?或许。或许。算了!切身大事已办。为了永远人模人样而付出的地狱般的努力,我终于从中解放了。

多么快活,此刻伸展在它的纤纤长脚之上,我的身体美滋滋地蜿蜒于它的鹭鸶长脚。

塔哈乌

塔哈乌去往空无。塔哈乌憎恶空无。令塔哈乌感到恐怖的是空无。而空无来探望了塔哈乌。

苍茫帷幕,他未曾将之推开。他未能推开苍茫帷幕。

十岁时,他六十岁。父母在他眼里宛如孩子。五岁时,他在时间之夜中迷失。

他曾忘我于一只蚂蚁。他曾忘我于一片树叶。他曾忘我于埋葬童年。

塔哈乌未曾找到他的饼。塔哈乌未曾找到他的父亲。塔哈乌没有在人们的眼泪中找到他的父亲。

不曾接受,塔哈乌。收到的,不曾保留。从门,从窗,塔哈乌弃绝。

从那借重于气息的意志,从那无气息的思想,从他的群魔,塔哈乌弃绝。

愿他憩息于反叛

在幽暗中,黑夜将存有他的记忆
在抽痛之物,在渗漏之物
在一场空的寻觅
在爆裂于沙滩的登陆艇
在曳光弹的呼啸挥别
在硫磺岛将存有他的记忆。

在那心底压狂澜而无所谓墙的人
在那向前冲而脑袋只为撞墙的人
在不悔的贼
在顽抗到底的弱者
在开膛的门廊将存有他的记忆。

在纠缠不休的路
在搜索海滨的心
在其肉体逃之夭夭的恋爱者

在被空间啃啮的旅人。

在隧道
在折向自身的折磨
在敢于冒犯墓地的孤胆壮士

在碰撞又爆炸的群星的轨道熊熊
在幽灵船,在枯萎的未婚妻
在黄昏之歌将存有他的记忆。

在大海的光临
在法官的距离
在盲瞽
在毒杯。

在七海的船长
在洗匕首者的灵魂
在为整个民族啜泣的芦苇管风琴
在祭品的吐唾之日。

在隆冬果实
在重燃的战役的肺叶

在筏子里的疯子。

在永未满足的欲望的虬曲之臂
将存有他的记忆。

而永远是

而永远是矛的穿刺
向眼睛铄金而袭的马蜂群
麻风
而永远是暴露的软肋

而永远是活埋
而永远是破裂的圣幕
一根与洪流鏖战的睫毛般脆弱的胳膊
而永远是溯回的黑夜
空空如也却窥伺的空间

而永远是老绷带
而永远是活埋
而永远是坍塌的阳台。
心底之回忆所捏紧的神经
鞭挞大脑的猴面包树鸟

生灵纵身一跃的急湍
而永远是暴风雨中邂逅
而永远是日食的临渊
而永远是单人牢房的栅栏之后
地平线退却、退却……

简约书写

肖　像

凿岩钻
冲击钻
盐做的舱
里面，一只斑鸠
瑟瑟刺猬。

睡　眠

黑夜之嘴，释放法官
睡眠，邪恶，饮水槽
来吧，睡眠。

青　春

镣铐，童年，倒扣的荒原
睡莲中游泳

向着牵滑轮的成年人
阳台,沉甸甸阳台里终于轮到他
与少女们玩仙人掌游戏……

    被揭示的概念

第二流互通款曲
那个小女儿的铃铛。

    画家和模特

牛睾丸上斜倚这西班牙人
他踩踏杜丝
贪婪掳掠所打破的安宁
被凿刻于柠檬的,
尖啸之梳
喷嚏面孔
从这女人之峰,她绝不可凌
永恒于变钝冥,
面对唯一性。
在铩羽雌性的三角形之上
他遂栩栩刻画一袭绿衣裙。

米多逊的肖像[①]

[①] "Meidosem"是诗人自创的名字,从中可看到希腊词语"eidos"(意指"型",与常译为"理念"的"idea"是同一词根的中性和阴性形式,原意是"所见者"),加字母"M"作前后缀。这里译为"米多逊"(阳性)和"米多逊莫"(阴性)。

此外，像所有的米多逊莫，她只梦想进入**彩纸屑官殿**。

而当他凝视她,就从她诞生了灵魂的孩子。

无尽的荒漠。一样荒凉的城堡。高傲，而荒凉。悬空晃动着他的孩子，在风雨中。

为什么？因为他不能把他活着送回家。起码不晓得如何动手。他的孩子晃动在风雨中。而他度日于匮乏。一身荒瘠。

双方都为此受苦。但他们都无奈于急需改变的处境。

现在看 U.L.。瞧他的父子关系。他的孩子离他不那么远。几步之遥。却不见得起色。他难得察看。时不时，他朝他啐两声："嗤！嗤！"这就完了。他们再没别的交流。这可不怎么定心。不，这可不怎么定心："嗤！嗤！"况且叫得闷声闷气。可怜巴巴的援助。但不是一无用处，不，不是。

米多逊还有颇多对待其灵魂之子的懊丧的方式。必将提及。几乎没有幸福的灵魂之子。

在米多逊灵魂中敲打激情的钟醒了。它的时间加速。周围的世界匆促，猛冲，去向一个猝然划定的命运。

痉挛中扭曲的刀子攻击，搅动深底的木棍汹汹挥舞。

三十四根错综的长矛能不能构成一个存在？能，一个米多逊。一个受折磨的米多逊，一个不知道怎样自容于地、怎样措手足、怎样去面对的米多逊，他只知道自己是一个米多逊。

他们摧毁了他的"一个"。

但他还没有被打败。这些长矛，对付众敌时总该助他一臂之力，他先让它们刺穿自己的身体。

但他还没有被打败。

他们取气泡之形做梦,他们取藤蔓之形感动。

斜倚在墙上,一堵再无人瞥见的墙,一条长绳做的形体在那儿。她盘根错节。

就这样。这是米多逊莫。

而她等待,微微下沉,但远不如她的维度中任何自我倚持的缆绳。

她等待。

日月,年岁,涌来吧。她等待。

米多逊极度的弹性，这是他们欣悦的源泉。也是不幸的源泉。

几件从马车跌落的包裹，一根飘荡的铁丝，一块饮得快饱足的海绵，另一块疏空而干燥，镜子上的一缕蒸汽，一道磷闪，仔细看吧，看吧。这也许是一个米多逊。也许他们都是米多逊……被形形色色的情感所攫紧、蛀咬、膨胀、硬结……

这来临的兽群，好像慢吞吞的厚皮动物，鱼贯而行，他们的质量亦有亦无。他们拿它怎么办？怎样将它承载？这沉重、这关节僵硬的步伐只是他们抱定的主意，为了逃避久而久之悚起毛骨的他们的轻盈。

去了，这竭力自满起来的庞大薄膜的行列。

立于她细腻而内曲的长腿,高大、优雅的米多逊莫。

比赛夺胜之梦,一腔悔恨和规划的灵魂,总之是灵魂。

而她狂乱地冲刺,在漫无兴致地喝着她的空间之中。

遍布电的、痉挛的颤栗的纷繁之线，正是以此游移不定的金属网为脸，焦灼的米多逊试探着静静斟酌笼罩他的滞重的世界。

正是以此他要答复世界，像一只哆嗦的铃铛答复。

在召唤下被摇撼，被敲打又敲打，被召唤又召唤，他渴求一个星期天，一个真正的星期天，却仍旧毫无踪影。

瞧他驰骋如炮弹。目力不可逮的速度。将如何?他会在抵达时摔成一百块,确凿无疑,倒入血泊。哦不,他甚至还未出发。

他仅仅以灵魂的步态出发。

今天午后,是米多逊莫的消遣。她们爬树。并非从枝条,而是从树液。

那一丁点儿稳定形体——她们维持得垂危——就要失散在枝叶、苔藓和花序梗之中。

醺醉的上升,柔似肥皂溜进了污垢。飞速于细草,迟缓于山杨古木。旖旎于花瓣。在蝴蝶吻管那细微而强劲的汲取之下,她们纹丝不动了。

接着,她们沿着根茎降落,友好的土壤里万物丰收,如果你懂得采撷。

喜悦,喜悦袭来如恐慌袭来,喜悦如毛毯遮身。

随后应该把米多逊小孩扯下来,他们在树丛中迷路、迷乱,无法脱落。

威胁他们,或者还羞辱。于是他们归来了,不费吹灰之力他们被剥落、被领回,溢满了蔬菜汁和怨气。

在冰中，他神经的细绳在冰中。

它们在其中的彳亍短促，纠结于阵痛，于归入**虚无**之冷的道路上的钢刺。

脑袋爆裂，骨头腐烂。而肉，谁还提肉？谁还能料想肉？

然而，他活着。

钟翻滚，时辰停止。悲剧的羊肠径，他在此。

无需向此飞奔，他在此……

大理石流汗，下午昏冥下去。

然而，他活着……

哦！她玩耍不是为了笑。她玩耍是为了站住脚，为了悬崖勒马。

咬钩的月亮，脱钩的月亮。

她对一头牛押弹子，输了一匹骆驼。

闪失？哦，不，致命循环之中绝无闪失。

不存在笑。无处容笑。一鼓作气为了受苦，为了挺住。

满桶的泪水忍在沿口。

米多逊像一枚火箭燃亮。米多逊像一枚火箭远离。快点,他要返回了。

兴许速度减弱,但他将返回,被系于密封舱的纤维召唤。

她唱,不愿狺吠的她。她唱,因为骄傲。但必须懂得聆听。这就是她的歌,往寂静里深吠。

火星的疥疮使痛楚的头颅瘙痒。这是一个米多逊。这是奔突的疼痛。这是打滚的逃逸。这是沸腾、迷狂的空气之残废者。难道不能帮他一把？

不！

他们戴了手套为相遇。

手套里,找到一只手、一根骨、一把剑、一个兄弟、一个姐妹、一缕光,这取决于哪个米多逊、哪天,以及运气。

嘴巴里找到一根舌、一种食欲、一些词、一丝甜、井中水、地中井。这取决于哪个米多逊、哪天,以及运气。

在米多逊嘴巴的大教堂,他们也让旗帜剥啄作响。

一片铜制的天空将他笼罩。一座糖制的城市朝他发笑。他要怎么办?他不会融化城市。他无法刺穿黄铜。

放弃吧,小米多逊。
放弃吧,再坚持下去,你的实体要付之东流了……

他有吸引力,但是……

他裹着浩渺之痛睡在马背。他的道路是环绕的地平线与天文之天所刺透的**塔**。

他有吸引力。他的未被觉察的地平线拓展了别的米多逊,他们说"出什么事啦?到底出什么事啦?……"而嗅到怪异,以及他接近时的扩增之感。

然而,他裹着浩渺之痛睡在马背……

这个米多逊莫少女正盛开旗帜。她的脸仅仅流露出"瞧我的旗帜"。而它们明净得兴高采烈，不禁让人琢磨："这个旗手米多逊莫是谁呀？"因为，尽管她浑然不察，这却是一面面毫无意味的旗帜。

另外，若叫人来看，人就能看透：她自己简直蒙在鼓里，一味沉浸于她的彩旗猎猎。

危险！得赶紧逃。赶紧。快。

他不逃。他右侧的统治者不允许。

但是得赶紧。右侧的统治者不愿意。他左侧的震悚者辗转、扭曲，备受折磨，啸叫。没用，右侧的统治者不愿意。倒毙了米多逊，不可分的他，本该逃之夭夭。

一命呜呼了。荡然无存了。如果非要不可，人只能借此编个故事。

虽然延展起来那么灵活,从一种形体弹变到另一种,这些游丝大猴仍然求索着如何更弥漫、更迅疾,只要不费功夫而且他们确信能复归原状。因此,欣喜或着魔的米多逊去往大扩展的许诺之地,以求活得更激烈,而从那里又奋然奔赴雷同的诺言掷落的地方。

情感流，侵染流，创痛的附庸军之流，往昔的苦焦糖，缓缓成形的石笋，他携这些熔流行进，他携此忐忑体会，从脑袋贯注的海绵质肢体，被千条横切的、滴落地面的小熔流刺穿，它们外渗出来仿佛迸裂小动脉的血，但这不是血，这是回忆之血，源自灵魂的开凿，源自孱弱的核心之室，挣扎于废麻，这是被静脉记忆染红的水，无意而流，但在他的四处逸漏的微肠中不无理由；针芥而繁复的爆裂。

一个米多逊爆炸了。他的自信的千条小静脉爆炸了。他跌倒、平躺、渗流于全新的半明半影，全新的池塘。

这样行进是多么艰难……

缠着锁链的脸,瞧吧。

衔绞的锁子甲从眼睛支撑他,把他的脖子盘绕、跌落、撕扯,使他蚀磨于扭合着奴役之重的锁子甲之重。

他投掷在前的长影对此滔滔不绝。

时间!哦!时间!是你的,本该是你的一切时间……

零落的器官,打断的游历,被石头捕获的意向。固体抓住你了。以你自己的淬渣。念兹在兹的固体终于抓住你了。

脱臼,粉碎,腾跃之膝。奇特的米多逊栅栏。

比章鱼的胳膊还多，齐颈深全是腿和手的长条伤痕，米多逊。

但是这样并非心花怒放。截然相反：酷刑，紧张，怵惕，根本找不到什么重要东西要抓取，警戒着，无时无刻不警戒着，脑袋上星星点点布满吸盘的漩涡。

米多逊，支着脑袋，被乔木驻扎的脑袋，并非从睦裂的眼睛看，而是从损失之痛，从钻刺性的煎熬。

无限的乔木状……在疲惫不堪的面孔那半透明的薄质下，表达一种被穿透的生命，而下面另一张形成复形成，惊悸、谨慎、碾薄而又镂空了。

高大，高大的米多逊，而看他的脑袋，总归不那么高大。米多逊一副烤焦的脸。

什么把你烧成这样，炭翁？

昨天吗？不，今天。每个今天。

那脸跟所有人过不去。

焦烂如此，不自然么？

赫然的对角线长矛,从头到脚安插于渐渐衰弱的米多逊,为了将其支撑。就要以支撑而告终?

从额头到膝盖,无骨髓的大拐杖。威风凛凛的穿透,以军事化的铁骨。

凶猛的托管者,你欲屠杀还是扶持?

不仅仅基督被钉十字架。这位也被钉,米多逊被刻在死路**此刻**的刺蒺藜多角形之中。

远超过法官的判决,远超过城池的崩溃。

他的伤口的饱满使他与一切偶然隔绝。

他遭殃如掌权柄。

浑圆大腿，浑圆胸膛，浑圆的头。而眼睛呢？倾斜，滚落，刺透。但双目之间呢？多么广大、空旷。要饕餮何物，以这空旷？

警戒般执拗铮铮的蜥蜴，他等待，这个米多逊。不眨眼，盼着被蓄满，他等待……

支撑少而又少，总是少而又少，再瞧他们，椎骨之柱（可称得上椎骨？）在其存在的外质下隐约可见。

想必他们不会行远。

错了，他们将行远，旋紧于自己的虚弱，可以说从那儿强劲，甚至几乎所向披靡……

糜软的身体上，围剿与猎获之头，废柴的暴君之头，像一台拖拉机午后停放在辍耕的田野的犁沟之中。

碎片、石英、断块的双晶体。

光线笔直而来，笔直而去，从未进入任何地方。

阴鸷的累累岩石核，在模糊而陌异的躯体之上，等待最终将它分裂而如释重负的劈理。

痛苦的别针,你们在此挟制了。然而米多逊旋即招架了。好笑的抵抗!皮肤栅栏顶着老虎牙。不过……兴许这次足矣。

他的兽的牛佛……

低等世界在他身上被悬想,并未拆解他的曲线,而米多逊嚼着,那被理顺卷刃的锐痛的无形之草。

他统治?不;仅仅是无人与他匹敌。

欲墨激荡的女魔头，毛发拂诱的三角脸，那儿穿透着流雨的万般注视，纠缠的万般注视，为了招揽回眸的注视。蠕小的黑蜘蛛，徐徐吐沫，为了让时间停一刻。

从空气的矿车，或者从埋身电离层的一小块未知土壤，降下了一小群赤裸的米多逊，一些悬于降落伞，一些系于某种细绳或者一片俯冲的泥块，另一些则无牵无挂。

轻飘，纤维与线抛在后面，这些米多逊倾斜而降（无疑是某种漂流），手安睡，枕着小腿。

为落而落，他们宁愿跌落得明哲，微微漂流。

不，不忐忑，沉着，沉着下降，舒展肢体，舒展。没有潜在动机。为何已经忘忑？粉碎之前他们仍有几秒钟。

看呀，不可分的死结，这便是一个米多逊。若谛听他，满耳是喷发，但这是不可分的死结。

扭结得深邃而错综。他的腿若曾是也不复是腿了，挛缩胸膛的尾扫帚，那胸膛也绽露绳与黄麻。

哪个被勒死的不在哪天谈起解放？据说，连桌子，也谈起从木纤维中解放。

昆虫脑袋，蜻蜓脑袋痉挛的小球，高擎在婆娑舞步上，在乡巴佬的风姿上。

总是战战兢兢的脑袋，犹如老鼠身上支棱的那一颗，探向下毒的干酪、零星种子和碎布渣。

脑袋为了自我捣碎。

这儿一朵云形成鼻翼,鼓满了磅礴鼻翼如缭绕的气味,也漾起了眼波,好似一片风景,它的风景扑面而来,此刻又在体内,在胡天胡地扩张的硕大的头颅之中。

从薄雾到肉,无穷无尽的通道在米多逊国度……

以谴责为形的侧影,刻画少女落空的希望,看呀,这米多逊侧影。

尤其是凹面,哀伤的凹面,但并未潸然泪下。

不同意硬骨头,不同意泪水。不同意。

从来只是飞瞥了他们一眼,这些米多逊。

蒙眼布条，箍紧了缝在眼睛上，酷然横扑好像铁遮板打窗。但正是以他的布条他看见。正是以这一切缝纫他拆解，再缝缀，以他的缺乏他拥有，他捕获。

在他的躯体——为感受共鸣而穿起枷锁,向着连汗水都铿锵的世界绷紧——之内,他搜索着浪迹的戏剧,这戏剧无休无止地周旋于他,于他那惴惴不安、茫然捕风的四海兄弟米多逊。

当他们忧心忡忡，脑袋就被凿尽，碗形、木桶形，但空荡，越来越空，尽管越来越大，而颅骨近乎爆裂。

当两个事物令他们败兴，两者之中他们必须抉择，当非此即彼追索，每个都棘手并可能滋生别的难以预先捉摸的棘手之事，他们便无措，而左右为难的处境每时每刻敲着警钟，他们遂行动，落荒而退于头颅，在侵扰的难题前腾空的头却没有少受侵扰，痛彻的空洞占据一切，虚无之球。

从他的鼻子抽出了一种弯曲的长矛。它刚刚成形。这是一根平衡棒。

米多逊几乎总是需要平衡棒,虽然不出所料,这常常令他们羁縻不堪,无论开步或奔跑,还是碰面。

你们常常看见米多逊戛然而止,却停得无缘无故,除了平衡木被房梁、吊竿或者阳台钩住,或者仅仅是彼此缠绊,不能前进,兴许等着磨灭,要么险象环生地挣脱,借助某个破坏分子从一窝蜂事故中进出的救星**事故**。

为了避免卷入此类平衡木的拉锯之灾,他们更愿意列队前进,而不是独行踽踽或者一团散沙。

一个年轻的米多逊折叠,再折叠,拼命消隐,像套马索向后闪着。但生机勃勃的恐怖之塔威胁着他,向他欹侧,俨然是大厦将倾于小楼阁的披檐……

但恐怖之塔……在天鹅绒的此刻……

灵魂的岩石。戗着它,无助。他们找不到。无路可绕。他们找不到。

在这点上,他们若前行就跌跌撞撞而这只是风,风的交锋。

那儿，溯泥浆河而上，跨一匹骏马，他渴望抵达把应该汩没之物吞没的泥浆海。目光钉住三角湾，他深信看见了彼处飘着最初的浮标，那抖开浩瀚泥泞的蛛丝马迹，就要将他解放，一如幽暗笼以自由。

一只老鼠溜走，频频啃啮一只旧手套的指头。"你捣鼓什么呢，老鼠？""我是明日之鹰"话音一落，周围的米多逊已逃得魂飞魄散。刁横的喙一眨眼崛起。这茬儿为了夺命得脚下生风。

他们变为瀑布、罅隙、烈火。恰是身为米多逊，才这样变作粼粼的风波。

为什么？

起码，这不是些伤口。而米多逊去了。宁愿是太阳和影子的潋滟游戏，而不是煎熬，不是思索。宁愿是瀑布。

奄奄而不息的猫头鹰宿舍呀。他们到这里来了，精疲力尽的米多逊，被一条线牵着，从阴性到行窃，从出生到腐烂，从陶然到黏土，从空气到氮肥。

他们到此为止了。再无话可说。

米多逊从窗帘起飞,从雨水池返回。

米多逊扎入溪流,捞身水塘。奇特呀,米多逊自然而然的奇特。

教他浪迹天涯的爪子不是毛茸茸的，不是骨头撑的，也并非挂在硬又圆的骨盆上。

它们像树胶，像奔跑的厌倦。

草原的露水不粘它们。

教米多逊奔跑的爪子不是当牺牲品在目，惊跳得尽态极妍……当向它扑去，野兽为了飞驰而乐意拥有的爪子。

不，此爪不是这样。

瞧瞧米多逊生活的几处地方，确实很蹊跷；很蹊跷他们甘心遭生于此……

必须说，他们主要生活在集中营。

米多逊居住的集中营，他们兴许能换个地方住。可他们担心别处怎么过活。他们害怕外面太无聊。他们被揍，被虐待，被拷打。但他们害怕外面太无聊。

这里一片原野向着米多逊涌起了丘陵的狂澜,他愕然停顿,松开了本来全神贯注的工作,松开了一切,去服从致命的心醉神迷。

他存在的弹胶物绷紧、膨胀。

也许这并没有大家断定的那么危险。

塔里一条绳，他缠绕在绳中。套住了！他觉察犯了错。他缠绕在塔里。他觉察犯了错。它弯曲，它搓捻。必须把它矫直。他迎接三只猴，极尽塔中人之谊。猴子骚动，招待遂不理想。然而塔还在，必须上上下下，必须携猴重登，两只盘踞臂上而第三只相中了他的头发。但是米多逊比猴子更加心猿意马。米多逊总是游神他物。

这纤弱者，游神于更纤弱者，当触及他那几根线的蜂乱尽头，为时不久，他会像从未存在过。

暂且，还需另外的塔。为了望得更远。为了忧心更远处。

从坼裂的天花板突然冒出了脑袋,贪婪、好奇、惊恐,米多逊的脑袋。

从烟囱,从罅隙,从接纳觑探仪器的一切。

屋宅内,房间里,从板条之间(穿门有许多小板条),米多逊骤现,米多逊消失,重现,重又消失。

好刺探的米多逊匆匆来此,匆匆离去……

这是长廊横行的旧宫殿，母鸡啄食，驴子来探头探脑。旧宫殿这般遗风。有逾千个米多逊寄身此地，远逾千个。

一切放任自流。无人被侍候。人人有求无应。屋顶朽烂。他们仅仅有，齐心勠力攥住的、永不松手的四根烂绳。

没有绳，甚至在宫殿，他们也会局促不安。至于无绳出去，别指望了。他们会恐慌。抓在手心时已经恐慌了，深恐有谁将它们切断。而它们被切断了。顿时大家一哄而上去挽结碎绳，乱糟糟，摔倒，变得气势汹汹。

还有许多别的绳子。但拿着别的，他们怕不小心勒死自己。

这里是墙之城。屋顶呢？没有屋顶。房子呢？没有房子。这里是墙之城。你不断看到，手持地图，米多逊一心想逃出城外。但他们从未逃出去。

因为降生（而众木乃伊蚕食着墙内的地盘），因为降生，老是更旺的人丁。必须在已存在的墙内筑新墙。

墙中滋蔓着米多逊长谈，关于无墙、无界、无尽甚至无开端会**怎样**。

没有梯子的米多逊风景如何呢？从四面八方，到地平线尽头，梯子，梯子……而从四面八方米多逊的脑袋跃跃攀爬。

满足，激愤，炽热，忐忑，贪婪，勇猛，肃穆，满腹块垒。

从下面米多逊穿梭于梯子之间，工作，养家，付款，付给接踵而来的各种制服和腔调的收款员。据说他们不听从梯子的鳞次召唤。

为了与渺远处掠过的秃鹫和苍鹰促膝谈心，他们用坚固材料建造了参天大树，高过一切树，照他们盘算，有能耐令鸟儿幡然入梦，也令它们一目了然：总之多么雷同，米多逊和鸟。

但鸟儿不曾随意上钩，除了会筑巢于长矛的麻雀的几抹"拉毛墙面"，只要有近在咫尺的米多逊、食品和鸡毛蒜皮的骚动。

有时，一群海岛之鸟或者一队候鸟被视线捕捉，停落在最高的枝丫上，聒噪片刻便飞逝，丝毫不沾惹与米多逊的瓜葛，这令他们失望，但从不彻底失望，而是永远等候着。

他展开身体的表面，为了判明方位。

他否认自己的存在，为了判明方位。

他为一些虚空穿衬衫，为了在另一**虚空**之前，挂起一丝盈满的幌子。

他们乘坐的攀升茎通向一个无遮拦的露台。许多攀升茎。节节寂静。许多露台。但这仅仅是露台,迟早因必需品而迫降。

接着,匆遽地,再攀升。

费尽周折为找到攀升茎。并非总是人人有份。急性子得搭乘别人所操纵的壮硕之茎,它载走攒动的米多逊们。

登上高处,司机的报酬是喧嚣。若宽敞,嘈杂声便暴动在诸种的露台。况且,近乎一切露台都是咆哮的解放者。

每个屋顶上都有一个米多逊。每个岬角上都有些米多逊。

他们没法待在地上。这里没有好心情。

一旦吃饱,他们就投身高处,虚妄的高处。

在光秃秃的巨石上，这个米多逊等待什么呢？他等待旋风。在恣乱又谵狂的米多逊的阵阵旋风之中，是喜悦；而随着亢奋激增了米多逊萌发。

别的米多逊望断更远处，这些渴望与其他线结成乱麻的轻飘线，等待着风吹卷的絮絮落落的散丝同类，而他们也等待自身遇一股气流，扶摇直上，加入孤悬客或者一群更稠密的"空气米多逊"。

有时凑巧他们遇见灵魂的海藻。他们的交往神秘莫测，但确实存在。

战栗，龙卷风履历，这是空气的披荆斩棘。这是空气的跌宕自喜。何不听凭自己被高蹈的米多逊阵风裹挟而去呢？

兴许有个结局。

的确，米多逊陆陆续续从天而降。对此大家几乎漠不关心了。得沾亲带故才会留神。而有些人举目张望，只为了看跌落。

无头、无鸟的翅翼，肉身落尽的翅翼飞向太阳的苍穹，还未闪耀，但为了闪耀而奋力搏击，往九霄深处开凿如同一枚未来之至福的炮弹。

肃静。起飞。

这些米多逊的夙愿，终于触及了。他们来了。

不可名状之地

一

两棵白杨飘逝它们的叶子，永远逝去它们的最后几片黄叶。

行人寥寥，一种割魂的寒冷催他们紧步行远。

一株冷杉窥伺一扇门后的女人。要发生什么？唉！唉！这取决于时机，取决于她为了出去炫耀从半掩的门洞扯下来的帽子，倘若她能、倘若她能忘记……

乡野睡了。城市死了。

早早到来而未央的夜影，永无终期，蔓延着，蔓延着。

一辆比古堡城墙更紧箍于静止的小汽车占据不变的、永远不变的一隅。凄凉幽居于此。一口钟隆重地敲打不再算数的时辰。

二

大理石中浩荡着被剥皮者的交通。小心翼翼,小心翼翼到极点,他们前行,手向前伸展,因为一根头发丝,仅仅一根迎面飘来的头发丝都会令他们骇然打个激灵。

痛苦啊!痛苦!然而必须行走,一直行走。

残忍的天主的侧影从绵绵长墙上不断掠过。

一颗弹子鸣响了。听,一颗弹子鸣响了,以它脆亮的嘈杂,以它那学童耳中的清澈天籁,播撒下慌乱,一颗必须及时躲避的弹子,尽管逃离的动作如此费劲。弹子落下,其他的可能接踵而来。它从哪儿发射,其他的亦然。其他,有千百颗。从哪儿?唉,就是从那儿有个某某以此取乐,往院子里扔这个,就像个捕和平器,而此处已不剩什么一鳞半爪的和平可抓取。

这是血肉模糊者的行进之处。暴风雨忽起。在大理石中？谁会相信？倾巢暴雨！何等别开生面的奇痛恭候着这些已饱飨剥皮酷刑的人。危险！危险！谁在鞭打那个不能跑的被剥皮者！一种不可见的苍白在他们绽开的红肉里，这苍白却猝然侵入他们劳作的灵魂（横切那面对受诅咒的命运时攥住的最后一丝希望，于是乎被诅咒得更狠了）。

危险！危险！有人朝你们喊呢，颠沛流离的肉排呀，瞧你们那受围剿的眼神。怎么办？怎样硬着头皮顶住（头皮安在？），又怎样用神速、神效的行动刹住这迫在眉睫的灾难？

喏，下雨了。我怎么说的？下着铅弹雨，不，灿烂夺目的金属弹子雨。不是所有的都击中目标……如果确有目标。

一些弹子在大理石上叮当作响。哦，多么晶莹、纯真、清妙，天生就适合激起联翩的美好情愫。我在说声音，当然，知音只有那全身躲开、不受所有滂沱命中点侵袭的听者。

这是沉沉暮气、蜷曲盘绕和无底重启之地。

一个女人脱掉一件衬衫,它展露另一件衬衫,她再脱,展露另一件衬衫,再脱又是一件衬衫,再脱又是一件衬衫,赤裸的憩息永不到来。

两个巨婴，迟钝如朽木，以沉睡的腕力，彼此钉住不动。

滞缓的战斗累年。

一个用强劲又迟疑的手推着另一个的头，这手死死撑住前囟门，把印记深深戳入庞大而萎靡的颅骨的松软凹处，而那下面一坨脑子大概正绞尽脑汁地酝酿一次遥远的反击。

这一切泅水在不太深的温柔沼泽中。

城里无一丝风。车辆停着,尘埃落定地停着。

无叫嚷,无欲求。从坼裂的雕像,三块残渣飞溅出来,怒唾彼此而去,似乎激起于不可饶恕的非难。

丧葬之城没有出口,死街交错而自闭。黑魆魆的泥泞液体侵占运河,散发恶心的臭味和一种伤肺蚀骨、不容残喘的潮气,这叛徒以处处与人为敌的广袤地带鲸吞城市。

听得到远处那愤愤不满的大海在推进,间或一条焦灼的船切求入港。航道壅塞着历次灾难的残骸,或纷啄水面,或累冢泥沙,幽暗而凶险。

这依旧是,这永远是不变逆旅的地狱。

未系皮带,但并非没有獠牙的狗群,狺狺哀悼一位凶残的主人,就在新鲜的墓旁。有一种莫名庄重的大召唤。

那儿，轮到一条梦游的街夤夜溜达，它蜿蜒游着却不醒，兴许为一个隐秘的思想所驱动。

如许蜿蜒着这晦涩小街邂逅另一条在旁边延伸的梦游之街……它们犹豫要不要交错。它们犹豫要不要扭紧。

几个人在这流浪正酣的街上忧心如焚地醒来，这时委蛇运动愈演愈烈，终于群街缠织又错综，其上还探着一簇簇猬集窗口的恐慌女人，而它们彼此叠加盘成一团，柔肠百结，直到沉沉的睡眠又攫获了这些永不罢休的漫步者，待天明在其司空见惯的窠臼里不会找到它们。起码，人可以思量之。

这又是斜塔危耸的诸堡垒，这又是重重隐忧的时间，众巅之巅的时间，平衡宇宙万物的虚无的时间。哦！谁会给一个征兆？一个真的、管用的征兆？一个能与混乱周旋的征兆？

等待。无尽的等待。一个力求勇敢的小孩拿断头火鸡为自己洒血。一名高大的机械女人在大广场揉着一个侏儒，侏儒则揉着一副肚肠。一名矮个儿男子观看，又扭头离去。一溜烟。某种东西提醒他，在她与他之间有二律背反。好样的！你走得及时。可他忍不住磨蹭几分钟，打适度的远处琢磨琢磨那罐子的门道。错！错在这儿了，我肯定。现在太迟了。

好吧，小矮子，你被擒了，看起来……那只手灵巧地掣住他又旋即揉软，漠然将他与先前的佐料搅拌起来。

城堡已不在。昏暗林荫道犹存。昏暗林荫道，掷弹手的女儿在那里。从她的脚步你认出她。从她的坐骑你认出她。

她骑的马，四蹄盘绕群蛇，饰以从它自身撕落的血淋淋皮毛的碎飘带，她骑的不幸的马，覆盖着脱去腐肉道袍、卸痂而溃的剧痛身体的唏嘘皮囊，而此身，凭着一副易惊的神色，依旧主宰着疯狂的巨颅，错乱之眼，枉然主宰着一种碾轧成性的命运。

哦，高傲的姑娘，你必须从马上下来，高傲的姑娘！你必须这么做。

阴鸷公园；她狂野地踏遍阴鸷公园，坟丛唾出颅骨的下颌，鼻啃泥，十字架东倒西歪，那首如飞蓬的少女勉强守着她的理智。

砖倾泻，墙崩裂。肉身重生的时候到了吗？还没影。还没影。

一张大桌子摆好。一张光秃秃的桌子。光的，除了几把刀，几个人，他们疲倦而忧悴，肩并肩枯坐，面对残缺的餐具，肩并肩，却因俯临非己的深渊而彼此隔绝。没有一块饼端给他们。

如果生命一无所获，死亡就带不走任何人。有什么抱怨的？地上，一个男人躺着，被痉挛摇撼，但无人注意。绞刑架为一场绝不拖延的死刑竖了起来，但无人注意。一个，头搁浅在桌上，为某位他深信快要结识的亲王勾勒着占星的数学公式，另一个一刀刀割自己的手腕，执拗地控诉这手腕背叛了他。但无人注意。每人沉溺其事，每人独自漂流，在荒废城堡旷地的阴鸷公园，一张大长桌边。

羽毛膨胀的钩沉者猛禽在林中空地凝视着十字架上的弓形妇女,她被大恐怖鸡奸。这鸟儿贪婪如所有的切切伸长喙钩的羽类,这鸟儿缓慢如所有的以庞大形骸抟风之物,这鸟儿耽于凝思如所有凭着巨幅翅翼稳坐在参天列柱之安乐椅上的鹰鹫,这鸟儿注视着她。咄咄怪事,一个女人;咄咄怪事,多么宛如肠子!

在林中空地,于是乎,有震悚一刻。

靠近墓地，在刺蒺藜围绕的兵营，娼女之屋没有欢畅。一个麻风病人监视她们。偶尔一个绷带扎缚的男人凸现在入口，叫女人们缩身颤栗。麻风病人若在那儿，就爆发争吵。太凶横，这种争吵！

一个伤员流血淋漓，肚子被苍绿的脓鼓胀起来，散发恶臭，用担架抬到妓女面前。怎么说"好的"？残忍的问题。他艰难地撑起身子。怎么说"不！"？女人中间有死寂。所有人沉默了太久。此刻搬运的人窃窃密谈。音乐停了，小梳妆台上的香水瓶在端详的眼里显出怪谲。音乐停了。踩踏声灌耳，纸页揉皱，踏步阵阵。别去看窗外，女士们，别去看窗外。整座兵营环绕着沉沉担架旁一心想叫停的恫吓的护士，担架上筋疲力尽的伤员，他们眼下有黑圈，那些黑圈与你们的迥然不同，女士们。哦！所有痛苦肉体的汗水，如此异曲的痛苦。

但音乐协调一切，出于廉耻或出错而停歇的音乐又被召来。竖琴清靡,在沙龙那些为了酥软肉体而雕琢得柔和的圆柱之下,玫瑰色竖琴,飞扶壁支撑的名曰三角之钢琴,悠扬大提琴,溶溶汇入对诸肉体的恢宏研磨之中,而肉体相混并为不能更浑然渗透而懊丧不已。但墙敞开了,废墟尽在建筑里。真的。确凿无疑。很快气流会从外面涌入。

今后必须更妥善地保护它,这娼乐之屋。

接着所有的女人又受审于军事法庭。

所有的女人总是被卷进军事法庭。

这里雕刻着对破坏寂静者的诅咒。石头里一个专横的姿势把他们蒙在鼓里跟随。岿然不动的花岗岩彻夜警戒，而他们贸然踩踏的石板，驼峰状巉岩随时准备落向那些言词汩汩的亵渎者。

在致命线之网，信口开河的冒失鬼越陷越深。

在呆滞的噼啪裂缺中穿越热带草原的洋葱的问题，洋葱，地球-望远镜的狂暴骑士，他说什么？

洋葱，他如是说。洋葱。众水之父，念珠与羊群之母。洋葱，他如是说，如是展露，如是做，如是填满，如是搞大肚子，如是。

以母羊置换热带草原，以灿烂夺目随你置换什么，置换噼啪裂缺，置入霓虹念珠，置入地饼和低潮，斜坡和横向跪拜，他还会说什么？洋葱，他如是说，洋葱，存在为了统治，存在为了追逐，一言以蔽之，洋葱，生长的洋葱，袅袅重生的洋葱。但并非肖似谁，无论她或他。不！洋葱。仅仅是洋葱，而我不惧明天。

行星-头的重量，行星-头的重量，支撑在一具疲惫的身体上，卷入埃皮斯特拉尔①的乌云海，行星-头的重量遂像飞艇空军联队的威胁，压向身体，这崩解中的阶台，它茫无一物可抓，在唯一一道光下碎裂如剑断在膝上。这团愈来愈庞大的行星-地球的重量，如今再无物能平衡之，于是海盗**球**漂流在狂风暴雨的以太。

---

① L'Épistrale，盖造自希腊词 ἐπιστήμη（episteme，知识），或 ἐπιστρατεύω（epistrateuo，进军，远征）。这首诗隐指希腊神话中以肩顶天的阿特拉斯，人体第一颈椎亦被称为阿特拉斯。

波拉哥拉斯的衰老

>   我欲知晓为何我总是
>   追随我用缰绳勒住的马。

暮年苒苒，波拉哥拉斯说，我变得像一片激战过的沙场，激战于千载之前，激战于昨日，无数激战的沙场。

从未死透的死者默默游荡或者歇息。简直可以相信他们挣脱了征服之欲。

但突然间他们焕发生机，僵卧者一跃而起，全副武装地进攻。他们刚刚碰到宿敌的鬼魂，那鬼魂自己一经摇撼，便遽然狂热地向前冲刺，他的招架之势新发于硎，迫使我惊愕的心加速跳动在胸膛里，在我不愿活跃的眉头紧锁的存在中。

无人干涉，他们打响"他们的"战斗，盲目于先前的和后来的厮杀，而后来的英雄们且埋名闲荡，直到轮到他们邂逅同时代的仇敌，他们刹那间直挺起来，不可抵挡地奋迅交锋。

如此这般，波拉哥拉斯说，我到了垂暮之年，凭着这佺偬累累。

已发动的战斗重重壅塞，这鸣响的钟，越来越纷繁的场景之钟，然而我愿寄身别处。

如此，犹如一座丢给曝捣鬼①的庄园，我活而未活，任这凶宅如何魑魅魍魉我都已漠不关心，虽然它们照旧激情四溢，一再鼎沸地投入到一种煮茧抽丝的铺陈中，而我不能使之瘫痪。

---

① Poltergeist，德语词，指敲击作声的鬼。

智慧并未到来，波拉哥拉斯说。言语更加骨鲠在喉，而智慧并未到来。

像一枚地震仪的针，我的注意力贯穿一生走遍我却没有将我绘制，探测我却没有为我赋形。

在**死亡**平原前的衰老伊始，我仍在搜索，我总是搜索着，波拉哥拉斯说，那道童年时以骄傲筑起的渺远的小堤坝，那时佩着绵软的武器和微尘之盾，我逡巡在隐晦的成年人的悬崖之间。

我砌的小堤坝，自以为做得不错，做得高妙，可以把我放在没有驱逐令的堡垒。我的反骨所砌的太坚固的小坝。

而且它不是唯一的。

在我疯狂的防御之时，在我惊恐的岁月，我何尝没有建造多少堤坝。

现在，我必须逐一查找它们的线索，活纤维已将它们遮掩。

我屈服的生命只剩涓滴，它贪婪地搜索着，那兀自挥霍的湍流，而勇敢的小建筑师的瑰丽杰作必毁成废墟，为了汲汲贪生的老吝啬鬼的利益。

离我远点吧，波拉哥拉斯说，我烦透了那绺好斗的飞蓬。我的时候到了。去吧。我的血丧失了它的胶体。我的整个存在都放下石头。

这种拆毁，源于某个和我一起生活的人的死亡。那是个女人，即适于渗入灵魂的所有走廊的人。

她落入**死亡**。突然之间。根本未经准许。

远离沙滩，大海退潮。

沙洲夺取了广漠，广漠与幽深，而一个夜赫然出现，吓坏了我的夜，然而我的夜何其恢恢，许久以来我用它裹着我，抵御他人那不可承受的白日。

我迅速发射了几枚信号火箭，但夜不动声色地把它们囫囵吸收，那些徒劳的火箭点亮寥寥的几粒尘埃便溜走了，倏忽而逝，没有焰束，没有爆闪，远离了烟火专家昏黑的脸。

他携雨而来，我的老兄，据说每人背上皆有的那一位。

他携雨而来，很忧伤，他尚未擦干自己。

此后我数次启程。我登上几处新的海岸。但我不能为他解忧。我现在疲倦了。我的气力，我最后的气力……他的湿衣服——抑或已是我的？——令我战栗。很快就必须归去了。